INVENTAIRE
Ye 22.846

AF240324

LE FRELON

DV TEMPS.

M. DC. XXIV.

LE FRELON
DV TEMPS.

FRELON, qui paffez le murmure
Des moulins par voftre caquet;
Rõgeur de fleurs & de verdure,
Honnirez - vous donc mon
BOVCQVET?

Ny de mon LYS, ny de ma ROSE
Les parfums ne font deftinez
Pour voftre gouft de peu de chofe,
Et ne font faicts pour voftre nez.

Appollon qui leur fert de haye,
Empefche qu'ils ne foient à vous,
Et que voftre muffle n'effaye
Vn bien fi parfaittement doux.

Où les Cygnes font leur repeuë
L'on n'y voit guefpes ny frelons :
Certes le monde n'eft plus gruë,
Et ne va pas à reculons.

A

Vous, ny toute voſtre nichée
D'eſprits nouuellement eſclos,
Ne meſeroient qu'vne bouchée,
La Mer euſt-elle moins de flots.

Ie redoubte peu vos cabales,
Rempliſſiez-vous tout l'Vniuers ;
Iamais vos atteintes de Hales
N'auront l'Empire ſur mes vers.

Ma iuſte gloire & ma loüange,
Qui dureront contre les ans,
N'ont peur qu'vne beſte les mange,
Quand elle-auroit cent mille dents.

Contre les venimeuſes teſtes
De l'Hydre vn Hercule ie ſuis :
A veincre de pareilles beſtes
Ie donne les iours & les nuicts.

Vous euſſiez deub fremir de crainte
Au bruit de mon Nom ſeulement,
Et rendre l'inſolence eſteinte
De vos fougues ſans iugement.

Encore (ô la folle impudence !)
Aux yeux de la Race des Roys
Blaſmer vn qui parmy la France
Les a celebrez tant de fois !

Ronfard, l'ornement du langage,
Et de la pure grauité,
Par les auortons de son âge
Fut ainsi durement traitté.

Lors que, dessoubs le froid Asyle
De Melin chef des ignorants,
Ils taschoient de perdre le style
Qui leur faisoit perdre leurs rangs.

Comme il dompta cette vermine,
I'espere vous donner le saut,
Et vous faire changer de mine
Estant vaincu de mon assaut.

Vous estes habile à mesdire
Quand on est absent, mais de prés,
On vous garderoit bien de rire,
Et de lascher ainsi vos traits.

C'est bien à vous de m'entreprendre,
Et faisant de l'iniurieux,
Venir des lisieres m'apprendre
A bien dire où l'on dit le mieux.

Athenes sera donc apprise
En ce temps par les Doriens :
O la genereuse entreprise,
Digne de vos Gramairiens.

Vn petit vent contre vne roche
Eſt-il pas manque de pouuoir?
Ainſi voſtre legere approche
Eſt inhabile à meſmouuoir.

Ce n'eſt de preſent que l'Enuie
M'entourre de ſon houruary :
Sa gueule a clabaudé ma vie
Dés le bon Siecle de HENRY.

I'y ſuis faict, touſiours dãs mes voyes
Ie la rencontre en ſon effort :
Mais elle y rompra ſes courayes,
D'attaquer ma chambre & mon fort.

Tel ſe figure l'auantage
Et le Triomphe à ſon plaiſir,
Qui n'eſtant loing de ſon dommage,
Eſt beaucoup loing de ſon deſir.

A peine euſ-ie coulé mes ſerres
Tendrement du poing des neus Sœurs,
Qu'elle ne m'appellaſt aux guerres
De voſtre enjence de rimeurs.

A peine auois-je ſeize années,
Que ialouſe de mes eſcrits,
Elle n'employaſt ſes iournées
De meſme vous contre leur prix.

Tantoſt dans les Imprimeries
S'efforçant d'arreſter leur cours:
Tantoſt farçant aux Librairies
Leur honneur par vn vain diſcours.

Tantoſt y faiſant, par iniure,
Des Commentaires de falot:
Venants par la Clef de Nature
De la game d'vn Sibilot.

Tantoſt dans les pays eſtranges
Les blaſmant d'vne ingratte voix,
Au lieu d'en venir aux loüanges,
Pour la memoire des François.

Tantoſt (ie ne m'en ſçaurois taire)
Cherchant d'vne mauuaiſe foy
Que la plume d'vn Secretaire
Ne voulût rien faire pour moy.

Tantoſt, ô iugement inicque!
O menſongeres volontez!
Me publiant vn heretique
Aux oreilles des Majeſtez.

Or' iurant de me faire dire
Le poignard au deuant des yeux,
(Par vne rage de Buſire)
Que les moindres l'entendoient mieux.

Et cent pareilles frenaisies,
Qui renaissent de iour en iour,
Sous la crainte & les ialousies
De me voir reluire à la Cour.

Augure de ma suffisance,
Puis qu'il est arresté de D i e v
Que la vray' Barque aura nuisance
De la tempeste en chacque lieu.

Ha ! ie suis vn trop bon Athlete,
Phœbus est en mon Ascendant :
Il n'endure pas que l'on iette
Ainsi ma gloire en l'Occident.

Ny qv'vne troupe sans modelle,
N'estant faicte que pour le gain,
Rauisse la gloire pour elle,
Me tenant pour vn ombre vain.

Mais quand vous deschirez le stile
Et de Petrarque, & de Ronsard,
Et d'vn Homere, & d'vn Virgile,
En aurois-ie meilleure part?

Quand vous, & la bande moderne,
Qui rime en Prose, & rien de plus,
En rit de tauerne en tauerne,
En les nommant de superflus?

Ces

Ces reſueurs, ces joüeurs de Lyre,
Ces copieux (ce dittes-vous)
Ne ſont des gens que pour deſcrire ,
Ce n'eſt pas le faict d'entre nous.

L'air de le Grece eſt leur eſcole,
Vne eſcole de babillards :
Vne autre langue nous affole,
Qui n'eſt pas ſi loing des trois parts.

Leurs figures, ny leurs ſentences,
Leurs repriſes, ny leurs deſtours
N'ont point la couleur de nos Stances,
Pour les Grands, ou pour les amours.

C'eſt vne pure frenaiſie
D'auoir tant de comparaiſons;
Nous berçons noſtre fantaiſie
D'autres plus gallantes raiſons.

Pour leurs fables, plus inutiles
Que les chardons parmy les fleurs,
Nous auons des pointes ſubtiles,
Dignes des plus rares veilleurs.

Et deſirants moins de langage,
Nous tranchons vn nombre de mots,
Et condamnons leur vieil vſage
Par vn Concile entre les Pots.

B

Nous fongeons plus fur vne rime
Qu'vn Chat áprés vné Souris,
Y donnant mille coups de lime,
Afin d'eftre les fauorits.

Ainfi rangeant à n oftre mode
Les vers foubs moins de liberté,
Sans Hymne, fans Poëme, & fans Ode
Nous gaignons de l'authorité.

Qu'ils cherchent de la renommée
Tant qu'ils voudront aprés leur mort;
Sans le gain tout n'eft que fumée,
On ne fent plus rien quand l'on dort.

Voilà, Frelon, ce que vous dittes,
Murmurant de ceux-là qui font,
Auec la Mufe & les Carites,
Leur repofée au double Mont.

Ceux dont la voix digne & parfaitte,
Aux Eftoilles s'appariant,
Va facilement d'vne traitte
De l'Occident à l'Orient.

Vous prefumiez, fans que ie raille,
Ou vous eftiez bien infensé,
Que i'eftois vn homme de paille,
Vn homme pour eftre offencé.

Puis eſtimiez, parauanture,
En me voyant ſi peu briller,
Que i'eſtois nay dans la roture,
Où l'on n'oſeroit ſourciller.

Le monde ſçaura le contraire,
Frelon de campagne & de bois,
En iugeant qu'il vous falloit taire,
Peur d'y ſonger vne autre fois.

Mais que dira la Renommée
De voir que ie parle ſi bas ?
Ma voix ſeroit-elle animée
Quand vous ne le meritez pas ?

Car pour eſueiller ma faconde,
Il ſeroit beſoing d'amener
Tous ces Eſprits de l'autre Monde,
Qu'Appollon daigna couronner.

Alors, enflé d'vne Iliade,
Ie feroy voir ce que ie puis :
Mais contre des gens de paſſade
Ie ne monſtre point qui ie ſuis.

Aux porcs, dit la ſaincte Eſcriture,
On ne doit les perles ietter :
Enfermeroit-on ſoubs l'ordure
Les biens receus de Iupiter ?

C'eſt plus de honte que de gloire
D'eſtre ſi peu victorieux :
Ie me ri'rois d'vne victoire
Oú l'ennemy ne combat mieux.

Voulant toutesfois vous apprendre
Ce que peuuent mes lauriers verds,
Et ſi l'on doit les entreprendre,
Ie vous honnore de ces vers.

De qui l'atteinte glorieuſe
Donnera plus à voſtre nom
Que la fougade ambitieuſe
De voſtre plume ſans renom.

Molle plume, tantoſt chaſſée,
Tantoſt remiſe auec pitié,
Comme vne flette balancée
Qui des vents a l'inimitié.

Les môts ne branlent ſoubs l'orage,
Si font les joncs & les roſeaux ;
Où l'Aigle affermit ſon pennage,
Le vent nuit aux petits oyſeaux.

I'ay plus dit que vous tous enſemble,
Et mieux pour la gloire des Lys :
He donc, Rimeur, que vous en ſemble,
Rendrez-vous mes vers abolys ?

Il m'en couste, & iamais encore
Breuet, ny Patente de Roy
Ne m'emplirent de ce qui dore
Voftre bourfe, digne de moy.

Si le temps auoit des Mecenes,
Vous ne paroiftriez fi hardy ;
Mais il faudroit cent Diogenes
Pour en chercher en plain midy.

Quoy ? mefdire de l'innocence ?
En bouffonner deuant les Grands ?
Auray-ie telle recompenfe
De ma jeuneffe & de mon temps ?

Quelle erreur ! ainçois quelle enuie,
Ou quels deffeins noirs & felons
De picquer vn homme fans vie !
On remarque ainfi les Frelons.

Car la vie au gré de vous autres,
C'eft la fortune de la Cour,
Où s'addreffent vos Patenoftres,
Quand vous eftes percez à iour.

Où fans arreft, comme des Cheures,
Prés l'Autel des Sur-intendans
Vous marmottez fi bien des levres,
Qu'elles s'en plaignent de vos dents.

Muſe, ma diuine Princeſſe,
Qui naiſſant m'ouuriſtes les yeux,
Souffrirez-vous, belle Deeſſe,
Le cacquet de cet enuieux ?

Endurerez-vous qu'il abuſe
Du los de voſtre Nourriſſon ?
Permettrez-vous, ô chere Muſe,
Qu'il le berne de la façon ?

Que cette gueſpe de vandange
Luy procure illicitement
Vn blaſon, pour vne loüange
Acquiſe meritoirement ?

Non ferez, & de meſme ſuitte
Vous apprendrez, en ma faueur,
A ſes compagnons mis en fuitte,
Quelle beſte c'eſt que la peur.

Vous leur donnerez à cognaiſtre,
Chaſtiant leurs vaines rumeurs,
La difference qui doit eſtre
Du Poëte auec les rimeurs.

Et comme jadis vn Satyre
Fut honneſtement eſcorché,
Pour auoir fait tort au bien dire,
Ou de ſottiſe, ou de peché.

Vous ferez voir à ces Harpies,
Car elles ne le fçauent pas,
La vieille fable des neuf pies,
Qui leur seruiront de repas.

Leur front paslit, ils sont en crainte,
Ils sont muëts, le cœur leur faut :
Le poulx leur bat, dessoubs l'atteinte
Qui de part en part les assaut.

Ils ont fait esleuer la poudre,
Maintenant leurs efforts sont vains :
Comme endomagez de la foudre,
Ils ressemblent des hommes peints.

Le deffaut, & la conscience
Leur produisent de tels effects :
L'vn & l'autre qui les relance
Est la main qui les a deffaicts.

Il suffit, Princesse immortelle
De qui l'attrayance me poingt,
Ils sont veincus, & puis, ma Belle,
Vostre ire ils ne meritent point.

Qui sont-ils ? & de quelle trempe
Est la force de leur vertu ?
Leur esprit, qui traisne & qui rempe,
De quels biens est-il reuestu ?

L'exhalaifon de leur penſée
N'eſt que du Bricomte-Robert,
Ou des rencontres de Macee,
Dignes des gens de S. Lambert.

C'eſt vn aliment populaire,
Vn amuſement du Pont-neuf,
Vne conduitte mercenaire,
Ferme d'aſſiette comme vn œuf.

Vn vray murmure de corneilles,
De Sanſonnets & de Hyboux,
La gehenne des bonnes oreilles,
N'aymantes rien qui ne ſoit doux.

Bien que les Huppez de noſtre âge
(Dont la pluſpart eſt de guingois)
Eſtiment leur rude langage
Plus doux que la plus douce voix.

Or qu'ils ay'nt pour eux la fortune,
Pour nous la gloire nous aurons:
Tel eſt monté deſſus la Hune,
Qui bien-toſt doit aller à fonds.

Pour Le R.

Vn petit Oyſillon babillant de ma ROSE,
Tant il eſt impudent la nomme vn Gratecu;
Ma ROSE, *dot vn* PRINCE *honnore ſon eſcu:*
Mais tel qu'il eſt envers, il eſt meſchāt en proſe.

F I N.

www.ingramcontent.com/pod-product-compliance
Lightning Source LLC
LaVergne TN
LVHW021507060726
842527LV00006B/2508